¡Indignaos!

de Stéphane Hessel

STÉPHANE HESSEL

ESCRITOR Y DIPLOMÁTICO FRANCÉS

- **Nacido en 1917 en Berlín (Alemania)**
- **Fallecido en 2013 en París (Francia)**
- **Algunas de sus obras:**
  - *Mi baile con el siglo* (1997), autobiografía
  - *¡Indignaos!* (2010), ensayo
  - *¡Comprometeos!* (2011), entrevistas

Stéphane Hessel es un escritor, diplomático y militante político francés nacido en 1917 en Berlín. Llega a Francia en 1925 y obtiene la nacionalidad francesa en 1937. Después, llega a la Francia libre del general De Gaulle, pero alguien lo denuncia y la Gestapo lo arresta tras una misión como oficial de enlace en Francia. Aun así, consigue escapar del campo de Dora.

Stéphane Hessel se convierte en diplomático en 1946. Su primer puesto en las Naciones Unidas le ofrece la posibilidad de unirse a la comisión que se encarga de redactar la Declaración Universal de los Derechos Humanos. Lucha contra las injusticias durante toda su carrera, denunciando la violencia israelí, el trato que se aplica a los sin papeles o los infortunios el retroceso de la sociedad moderna.

¡INDIGNAOS!

UNA RESISTENCIA FRENTE A LAS INJUSTICIAS E ILEGITIMIDADES DE LA SOCIEDAD

- **Género:** ensayo político
- **Edición de referencia:** Hessel, Stéphane. *¡Indignaos!*. 2011. Traducido por Telmo Moreno Lanaspa. Barcelona: Destino
- **Primera edición:** 2010
- **Temáticas:** resistencia, desigualdad, compromiso, no violencia

¡Indignaos! es un ensayo publicado en 2010. El autor defiende la idea de que la indignación es la semilla del espíritu de resistencia, e insta al mundo a una insurrección pacífica. Entre otras cosas, se centra en la desigualdad creciente entre ricos y pobres, en la situación del planeta, en el consumo excesivo y en la dictadura de los mercados financieros. El opúsculo se convirtió rápidamente en un fenómeno editorial. Su éxito se basaría en la personalidad y el carisma del autor, su formato corto y su precio asequible. El sociólogo Edgar Morin analiza el entusiasmo de los lectores como un símbolo del «despertar público de un pueblo que hasta entonces se mostraba muy pasivo» (AFP 2013).

RESUMEN

Los años de resistencia y el programa elaborado por el Consejo Nacional de la Resistencia en Francia en 1944 sirven como punto de partida para el compromiso político de Stéphane Hessel. El Consejo propone un conjunto de principios y valores para la Francia liberada que debe actuar como base para la democracia moderna. El diplomático asegura que los verdaderos herederos del Consejo Nacional de la Resistencia no apoyarían algunas mutaciones de la sociedad actual.

El programa recomendaba un plan completo de Seguridad Social, el retorno a la nación de los grandes medios de producción monopolizados (energía, banca, fruto del trabajo, etc.), y la instauración de una verdadera democracia económica y social. Lo que se exigía era que primase, por una parte, el interés general sobre el particular, y por otra, el reparto justo de las riquezas creadas por el mundo del trabajo sobre el poder del dinero. El Consejo exigía la libertad, el honor y la independencia de la prensa con respecto al Estado, a las potencias del dinero y a las influencias extranjeras. Llamaba a respetar el ideal de la escuela republicana, reclamando la mejor educación posible para todos los niños franceses. Pero para Hessel, hoy en día estos logros sociales han sido quebrantados.

EL MOTIVO DE LA RESISTENCIA ES LA INDIGNACIÓN

El poder del dinero nunca ha sido tan grande. Al Estado

le falta dinero para asegurar el coste de las medidas ciudadanas, a pesar de que desde el fin de la Segunda Guerra Mundial, la producción de riqueza ha aumentado considerablemente. Esta paradoja está provocada por la privatización de los bancos, que solo se preocupan por sus propios beneficios en detrimento del interés general. Esto ha ampliado las diferencias entre los más ricos y los más pobres. La fiebre competitiva gangrena el mundo moderno. La actual dictadura internacional de los mercados financieros amenaza la paz y la democracia.

Esta situación provoca indignación y, en consecuencia, genera una voluntad de resistencia para conseguir más justicia y libertad.

DOS VISIONES DE LA HISTORIA

Stéphane Hessel, inspirado por Sartre, cree que la responsabilidad del hombre es infinita. El hombre no puede encomendarse a Dios o a un poder cualquiera para definir su compromiso. Él es el único capaz de hacerlo.

Hegel (filósofo alemán, 1770-1831) también ha ejercido influencia sobre el diplomático, sobre todo en relación con la visión que tiene de la historia: considera que es una sucesión de etapas hacia un sentido holístico que él llama la Idea. Para él, el hombre va avanzando progresivamente por el camino de su libertad completa, la era en la que el Estado democrático habrá alcanzado su forma ideal. El trayecto está marcado por conflictos sucesivos que deben interpretarse como retos que asumir.

LA INDIFERENCIA: LA PEOR DE LAS ACTITUDES

El ser humano tiene por naturaleza la facultad de indignarse, y esto tiene como consecuencia el compromiso. Cuando uno se muestra indiferente, está renunciado a su parte humana. Pero la complejidad del mundo y las razones poco claras para indignarse desaniman la iniciativa de una resistencia. ¿Quién es responsable? ¿Quién decide? ¿Por qué esta situación es alarmante? Según el diplomático, sumergirse en la indiferencia es la peor actitud que uno puede tener.

Stéphane Hessel identifica dos nuevos retos importantes:

- la distancia entre los más ricos y los más pobres, que no para de aumentar. Es una novedad de los siglos XX y XXI a la que hay que enfrentarse;
- los Derechos Humanos y la situación del planeta. Las Organizaciones No Gubernamentales que se han multiplicado para exigir el respeto de la Declaración Universal de los Derechos Humanos (la Federación Internacional de los Derechos Humanos, Amnistía Internacional, etc.) muestran una eficacia real. Hay que aprovechar los medios de comunicación modernos y actuar en red. A nuestro alrededor hay una gran cantidad de razones para indignarse ante el incumplimiento de los derechos de las personas. La política de recelo hacia los sin papeles, los inmigrantes y los gitanos es una fuente de indignación.

LA INDIGNACIÓN A PROPÓSITO DE PALESTINA

Los campos de refugiados palestinos que ha construido la Agencia de las Naciones Unidas acogen a más de tres millones de palestinos que han sido expulsados de su territorio por Israel. Gaza parece una cárcel en la que hay que organizarse para sobrevivir. Las destrucciones materiales y las pérdidas humanas son incalculables. Los gazatíes se encuentran en una situación de aislamiento y de bloqueo. El terrorismo de Hamás es una forma de exasperación casi natural contra la violencia que sufren los palestinos, pero esta vía no es aceptable y jamás desembocará en algo positivo.

LA NO VIOLENCIA, EL CAMINO QUE DEBEMOS APRENDER A SEGUIR

El futuro pertenece a la no violencia y al entendimiento intercultural. La violencia no es eficaz y no aporta ningún cambio. La eficacia debe englobar una esperanza no violenta. Stéphane Hessel cita a Sartre para respaldar su idea: «Hay que intentar explicar por qué el mundo actual, que es horrible, no es más que un momento en el largo desarrollo histórico, que la esperanza ha sido siempre una de las fuerzas dominantes de las revoluciones y de las insurrecciones, y cómo todavía siento la esperanza como mi concepción del porvenir» (Hessel 2011, 20). La violencia le da la espalda a la esperanza de una negociación para acabar con la opresión. El mundo debe lograr la superación de la confrontación ideológica y del totalitarismo conquistador gracias a una comprensión mutua y a una atenta paciencia. Para llegar a ello, la transgresión de los derechos debe provocar nuestra indignación.

POR UNA INSURRECCIÓN PACÍFICA

La amenaza de la barbarie no ha desparecido por completo. Además, la sociedad moderna se basa en el consumo de masa, el desprecio por los más débiles y por la cultura, la amnesia generalizada y la competitividad a ultranza de todos contra todos. La injusticia todavía está muy presente en la sociedad del siglo XXI. A pesar de todo, debe prevalecer la preocupación por la ética y la justicia. Es necesario que se ponga en marcha una política real de preservación del planeta y que se establezca una nueva política de desarrollo. La esperanza es lo último que se pierde. Stéphane Hessel llama a la insurrección y acaba su ensayo con estas palabras: «Crear es resistir. Resistir es crear» (Hessel 2011, 24).

PUNTOS DESTACADOS

¡Indignaos! es un ensayo de alrededor de treinta páginas publicado en diciembre de 2010 por Indigènes, una editorial francesa creada en 1996 por Sylvie Crossman y Jean-Pierre Barou. El contexto de la crisis económica y social fue propicio para que este pequeño libro de Stéphane Hessel alcanzara el rango de bestseller. *¡Indignaos!* removió sentimientos, y para los franceses que estaban preocupados por su futuro, se convirtió rápidamente en el regalo perfecto para las navidades.

Stéphane Hessel llama a la revuelta, pero también apela a la valentía, y recuerda que la capacidad de adoptar y asumir responsabilidades tiene que ver con la dignidad humana. Asimismo, lanza este mensaje cuando el final ya no está lejos, como si se tratara de una última voluntad en la que nos insta a continuar su «obra de Resistencia para el respeto del programa elaborado por el Consejo Nacional de la Resistencia»[1].

El mundo contemporáneo es complejo, y las razones para indignarse son más sutiles que en tiempos del nazismo, pero Hessel evoca en su opúsculo las razones principales para indignarse y esboza un principio de solución a través de la acción en red.

---

1. Cita traducida por ResumenExpress.com

CLAVES DE LECTURA

LAS CAUSAS DE UN FENÓMENO EDITORIAL

Se han vendido más de 950 000 ejemplares de *¡Indignaos!* en diez semanas. ¿Cuáles son las claves del éxito?

- Stéphane Hessel. El éxito de su obra se explica en parte por su aura personal y su vida extraordinaria. Hessel fue un resistente reconocido durante la ocupación nazi, figura humanista de la izquierda francesa, superviviente del campo de concentración de Buchenwald, uno de los redactores de la Declaración Universal de los Derechos Humanos de 1948, alto funcionario, diplomático y embajador de Francia. Con este expediente, siempre se le ha considerado un digno representante del ideal de la Resistencia. Sus luchas a favor de los Derechos Humanos, de la descolonización, y en contra de todas las injusticias son dignas de admiración. Su vitalidad, su amabilidad y su simpatía hacen de él un personaje unificador, un hombre de bien a quien uno sigue con ganas. Además, su edad avanzada le confiere el estatus de sabio. Así, el público está seguro de que Hessel no se equivoca.
- El precio tan bajo del libro, a solo tres euros, y el formato de 30 páginas lo hacen accesible a más gente.
- La situación socioeconómica de Francia y el gobierno de Nicolas Sarkozy. Es posible que el éxito se deba también a una reacción contra el gobierno de Sarkozy. Podríamos citar, por ejemplo, la ley sobre la reforma de las pensiones, promulgada por el Presidente de la República Francesa y publicada en el Boletín Oficial francés el 10 de noviembre

de 2010 –esta ley eleva la edad de jubilación de 60-65 años a 62-67– o la política de expulsiones masivas, voluntarias o no, a Rumanía y Bulgaria de gitanos presentes en territorio francés, condenada enérgicamente por el derecho europeo, que prohíbe la expulsión de ciudadanos comunitarios. Se considera que la expulsión en masa de gitanos es discriminatoria.

LA CRÍTICA

La obra de Stéphane Hessel no solo ha recibido elogios, sino que también ha tenido que enfrentarse a numerosas críticas por parte de algunos intelectuales (Boris Cyrulnik, Luc Ferry, Pierre Assouline, etc.). A veces se ha catalogado el éxito del ensayo como «sobrevalorado» e «injustificado», e incluso se ha dicho que es simbólico para un pueblo, el francés, ávido de pensamientos «vacíos», amante de las revueltas vistas desde el sofá. Pero, ¿qué es lo que se le reprocha al autor, en concreto?

- Stéphane Hessel alimenta un sentimiento antiisraelí. Es bien sabido que el embajador de Francia llamó a boicotear los productos israelíes. Dos páginas de las catorce que tiene el opúsculo están dedicadas al conflicto palestino-israelí: Hessel habla sobre su viaje a Gaza en 2009 tras la operación israelí. Aunque reconoce que el terrorismo es inaceptable, el autor escribe que los actos mortíferos de Hamás son comprensibles y casi naturales, puesto que constituyen una respuesta a la situación de aislamiento y de bloqueo que viven los gazatíes.
- Stéphane Hessel se defiende ante las acusaciones de ra-

cismo antiisraelí por el hecho de utilizar constantemente el ejemplo de Israel para denunciar la violencia en el mundo. Entonces, ¿por qué toma el ejemplo de Israel? Porque Israel es un Estado miembro de las Naciones Unidas, pero no respeta las decisiones de la ONU. Esto también está en relación con el profundo cariño que Hessel tiene por el pueblo israelí: cuando se creó el Estado de Israel, Hessel estaba presente y, además, era partidario. Desea que el país que tanto quiere sea pacífico. La seguridad del pueblo de Israel estará más garantizada si los israelíes simpatizan con los palestinos que si siguen construyendo muros en territorios que no les pertenecen. Stéphane Hessel no alberga odio contra Israel. Ha ido a menudo y considera que es un país maravilloso, en el que ocurren hechos destacados en los planos agrícola, tecnológico e investigador, pero estima que los israelíes se dejan llevar por el miedo, que es la fuente de la violencia.

- La indignación es la primera fase de un compromiso ciego. ¿Para qué indignarse si solo conduce a la frustración? Los «realistas» creen que es demasiado fácil poner el dedo en la llaga sin proponer soluciones. Consideran que se nos debe empujar a razonar, no a indignarnos. La vida real es bastante más complicada. La indignación está reservada a los irresponsables.

- La izquierda revolucionaria piensa que la indignación se queda corta, es insatisfactoria. Los «efervescentes» apuestan más bien por volver a la vieja furia del pueblo. Hay que mantener la llama de la revuelta contra todos los órdenes establecidos e ir más allá de la indignación.

- Indignarse está bien, pero debe hacerse acompañado

de un llamamiento a la responsabilidad. El riesgo para las sociedades ha sido siempre el de olvidar mantener el equilibrio entre la garantía del Estado y el desarrollo del espíritu de responsabilidad. La petición social sería mucho más justa si no se ciñera a exigir más protección y más derechos sociales teniendo solo en cuenta los intereses del individuo, en vez de tener en cuenta las exigencias de solidaridad. La petición de prevención contra los riesgos que cada persona solicita a la sociedad es tal que borra en todos nosotros el sentimiento de obligación de asumir la relación que nos une a los otros miembros de la sociedad. Indignaos, pero sed responsables. La petición social debe estar respaldada por una actitud responsable por parte de los ciudadanos. Sin embargo, Stéphane Hessel no invoca esta exigencia en su ensayo.

- Algunos pasajes del libro de Stéphane Hessel incluirían errores. El Programa de las Naciones Unidas para el Desarrollo (PNUD) considera que el número de personas que vive con menos del equivalente a un dólar por día ha disminuido entorno a unos 250 millones entre 1990 y 2000. Por lo tanto, sería falso afirmar que la diferencia entre ricos y pobres aumenta de forma constante.

- Se debe ir más allá de la simple glorificación de lo obtenido por la Resistencia. El modelo social debe evolucionar para adaptarse a la globalización. Los valores que se defendían durante la Liberación francesa están obsoletos, y no responden a las necesidades del mundo moderno.

- Stéphane Hessel estigmatiza, y faltan matices en su ensayo. Podríamos citar el ejemplo del problema de la financiación de las pensiones, que tiene más que ver con el aumento de la esperanza de vida que con una política antisocial. Las causas del desajuste del mundo son numerosas, y no pueden ser reducidas a una mala gestión política, ni a la dictadura del mercado global. Su visión de la historia es simplista y sus análisis políticos tienen una base poco sólida.

EL MENSAJE

Stéphane Hessel se erige como una figura moral de la izquierda en torno a la cual se puede unir la gente que piensa que indignarse es una virtud preciada, una cualidad que debe cultivarse contra la inmensa muchedumbre de apáticos e indiferentes. Sabe que no es suficiente con solo indignarse. Una política basada en la indignación estará hecha de simulacros, lejos de la realidad y de la acción. Sin embargo, tampoco sirve de mucho intentar fundar una política que no tenga en cuenta toda esa rabia y esa indignación. De vez en cuando, es positivo dejar de lado las pasiones frías.

¡Indignaos! es una llamada de atención para anunciar un texto que empieza indicándonos lo que debería indignarnos, y que nos dice que hoy en día no solo hace falta denunciar, sino crear una nueva política. Estas observaciones introductorias no son un comentario sobre la palabra «Indignaos», sino más bien una fórmula de inicio a la que seguirá una reflexión política. El libro presenta razones para empezar a elaborar ese pensamiento.

Stéphane Hessel piensa que nuestra época es regresiva. La Francia republicana, cuyo pueblo se está marchitando, tiene una salud alarmante. La izquierda está debilitada. Las discusiones y las ambiciones personales gobiernan el mundo.

Ya no hay reflexiones reales y las ideas se disuelven. Aun así, hay ambiciones de revuelta por todas partes.

Este opúsculo es un llamamiento a la reflexión y al compromiso: hay que comprometerse, no hay que quedarse de brazos cruzados. Vivimos en una sociedad globalizada, donde los problemas están interconectados y no pueden ser resueltos por separado. Nos hace falta un pensamiento político nuevo que no puede ser una versión de tal o cual elemento de los pensamientos políticos del pasado. Los retos a los que nos enfrentamos en la actualidad son desafíos comunes a todo el conjunto de sociedades mundiales. Esta renovación del pensamiento político exige una inventiva política. Stéphane Hessel llama a la movilización para construir una nueva sociedad global que se enfrentaría a cuatro grandes retos:

- el replanteamiento del sistema económico. La actual dictadura internacional de los mercados financieros debe llegar a su fin para que el interés general prime sobre los intereses particulares, y para que el reparto de la riqueza creada en el mundo del trabajo sea justo. La diferencia entre los más ricos y los más pobres debe disminuir;
- el final del conflicto palestino-israelí. Según el diplomático, «que los propios judíos puedan perpetrar crímenes de guerra es insoportable. Desafortunadamente, la historia da pocos ejemplos de pueblos que saquen lecciones de su propia historia» (Hessel 2011, 19). Stéphane Hessel denuncia la operación «Plomo endurecido» y todas las otras formas de violencia perpetradas por Israel contra el pueblo palestino. Desea que haya una relación inter-

cultural pacífica;

- la elección de la no violencia. El futuro pertenece a la no violencia. Aunque los actos terroristas son comprensibles, son igualmente condenables. La rabia y la frustración que empujan a algunos pueblos a recurrir al terrorismo deben sustituirse por la esperanza del compromiso y del entendimiento. Hessel va más allá de la pregunta sartriana sobre si se debe condenar o no el terrorismo afirmando que la violencia es ineficaz;
- refrenar el declive del siglo XXI. El 11 de septiembre, la presidencia estadounidense de George Bush, la guerra de Irak y los recientes acontecimientos en Francia bajo el mandato de Nicolas Sarkozy son símbolos de la decadencia de nuestra sociedad. Debemos seguir albergando esperanzas para el fin del horror y actuar en consecuencia.

LEGALIDAD Y LEGITIMIDAD

Stéphane Hessel realiza una distinción fundamental entre legalidad y legitimidad.

La desobediencia civil constituye un riesgo que habría que afrontar con valentía con la condición de estar totalmente convencido de que la legalidad se opone a la legitimidad. Cuando se estima que la ley pone en entredicho valores legítimos, es normal tener una actitud de desobediencia y correr el riesgo de ser maltratado por un gobierno que todavía no entiende la necesidad de mantener los valores legítimos. Cometer actos ilegales que consideramos como legítimos en el nombre de los valores fundamentales de la República Francesa es una transgresión necesaria, que desempeña un papel de reacción. Toda transformación empieza por la acción de una minoría, por una tendencia que, si toma cuerpo, puede llegar a expandirse y originar el cambio. La aparición de lo que uno no espera es extraordinaria y deja que lo improbable se convierta en esperanza, porque si creemos en la continuación del curso actual de las cosas, corremos hacia la catástrofe.

En los años cuarenta, la legalidad era el régimen de Vichy. Hessel se opone en el nombre de los valores que consideraba fundamentales y legítimos. Toma la revolución tunecina como ejemplo de indignación eficaz de la juventud de hoy en día: Mohamed Bouaziz se quema a lo bonzo delante de la prefectura de Sidi Bouzid en Túnez para protestar contra las condiciones de vida deplorables. Su gesto origina una ola de disturbios sociales y una revolución contra el régimen opresor del presidente Zine El Abidine Ben Alí. El acto de desesperación de un solo individuo engendra así un levantamiento masivo contra los tiranos de la orilla sur del Mediterráneo. Por lo tanto, la indignación contra la violación de los derechos sociales tiene el poder de traer el cambio.

PISTAS PARA LA REFLEXIÓN

ALGUNAS PREGUNTAS PARA PROFUNDIZAR EN SU REFLEXIÓN...

- ¿Considera que están justificadas las críticas al ensayo de Stéphane Hessel?
- Algunos comparan *¡Indignaos!* con el *Manifiesto del Partido Comunista*. ¿Piensa que esta comparación tiene fundamento?
- ¿Cree que la reflexión de Stéphane Hessel podría ser utilizada por la derecha? Justifique la respuesta.
- ¿Podríamos circunscribir *¡Indignaos!* a algún género literario? ¿A cuál? En caso negativo, ¿por qué?
- Para Stéphane Hessel, indignarse es el fundamento de la dignidad de la persona humana. Comente esta idea.
- ¿Qué relación se puede establecer entre el pensamiento político de Sartre y el de Stéphane Hessel?
- ¿Cree que Stéphane Hessel es un enemigo de la globalización? Justifique su respuesta.
- «Stéphane Hessel nos propone el pasado como solución para el futuro» es la crítica de Philippe Bilger en el semanario francés *Marianne*. ¿Cómo defendería esta posición?
- «Los gobiernos, por definición, no tienen conciencia». ¿En qué sentido podría esta cita de Albert Camus respaldar la reflexión de Stéphane Hessel?

¡Su opinión nos interesa!
¡Deje un comentario en la página web de su librería en línea,
y comparta sus favoritos en las redes sociales!

PARA IR MÁS ALLÁ

EDICIÓN DE REFERENCIA

- Hessel, Stéphane. *¡Indignaos!*. 2011. Traducido por Telmo Moreno Lanaspa. Barcelona: Destino.

FUENTES COMPLEMENTARIAS

- AFP, "'¡Indignaos!'": un pequeño libro, un inmenso éxito», 2013. consultado el 3 de agosto de 2016. http://entretenimiento.terra.com.co/indignaos-un-pequeno-libro-un-inmenso-exito,673427251c21d310VgnCLD2000000dc6eb0aRCRD.html

EN RESUMENEXPRESS.COM

- Guía de lectura de *¡Comprometeos!* de Stéphane Hessel.